范伯子先生全集

范曾題

三

U0114995

范伯子文集卷第九

通州范當世无錯

故湖南巡撫義寧陳公墓志銘

光緒二十六年六月丙申故湖南巡撫義寧陳公卒於南昌府城之西四十里曰靖廬者其孫衡恪吾甥也抵書通州曰父毀疾甚不能親告哀惟泣言吾祖身後之文辭非外舅莫屬庶幾不遠千里而臨恤焉於時西人方以聯軍破京師兩宮出走州縣皇皇日有警不能遽行至閏八月戊申乃得走詣公殯哭盡哀已又持伯嚴而泣伯嚴曰茲已略狀先君行實矣卜以十月辛卯葬於此必吾子銘嗚呼公之所爲雖吾友若吳冀州猶不盡知之則吾固不可以無述先是二十一年中東和議成公以直隸布政使督湘軍糧臺見馬關和約而泣曰不國矣因大望相國李公至其使還留天津亦不往見吳冀州方主蓮池書院頗爲公言李公公益憤其辭而吾弟鐘會試歸過公有言公并誚之曰若兄弟皆主李者耶然吾後得其平心之言則公亦望李公極知不堪戰不以死生去就回上意而猥隨俗塞謗取禍敗空國至於斯也其年八月上擢公湖南巡撫公益若茹痛而之官以湖南號天下勝兵處而民智尤塞遏絶西法至不通電竿於是舉李公及湖南總督張公所已嘗爲及爲之而實不至或并不得爲者窮昕夕討論次第而畢行之行之兩年而湖南風氣盛開吏治亦稱最至二十四年上感於主事康有爲之所稱奏益決意變法而屢詔嘉公忠公以上將大有爲則無往而

浙西徐氏校刻

不須才遂磬舉平生所知京外官之能者與所屬吏士之可用者三十餘人備上之採擇於時京官在京者獨楊銳劉光第而外官在京者獨候補道惲祖祁上遂擢祖祁爲廈門道而用楊銳劉光第與譚嗣同林旭者並爲新政章京公疏言四章京雖有異才然臣恐其資望輕而視事易願得大臣領之復力薦張公之洞疏上而皇太后訓政四章京誅公坐濫保匪人廢斥不用然固不罪公所爲也而人遂洶洶目公以康黨康亦當世之所嘗識也嘗以其下第時過當世天津當世獨許其才不喜其學已聞上召對康有爲時公疏言其長短所在推其疵弊請燬其所著書曰孔子改制考者心獨喜其與吾意同也湖南既設時務學堂其官紳並緣時務報推梁啟超爲主講而公從之及湘報與學堂所論有疵公則爲之過其漸剖析而更張之吾未見其爲誰氏黨也自吾束髮讀書慕思曾文正公之爲人而願覿當時之親炙者若張廉卿先生若吳冀州既師友之矣若公若奉新許公皆以其在位不往而通然猶頗記光緒九年得公與學士張君佩綸互訐之稿豈皆不識而心祖公也其後公獨尙余之文學而託以孫而許公撫廣東亦介吳冀州必余往許公不言維新者方裁缺欲歸公詒書督勸甚摯許公曰豈須我耶余曰不然此公義相取陳公何必舊公又何必新耶及公斥三巡撫缺罷裁而許公亦用讒廢弗錄死而無人惜之然則公雖不如往日之所爲又豈得全於茲世哉公諱寶箴字右銘按狀公曾祖諱騰達者始由閩上杭遷義寧竹塅里祖諱克繩用

孝義化服鄉里學者稱爲韶亭先生父諱偉琳母李氏並有懿德高行在郭侍郎嵩燾所著文中公生而顧視落落然七歲始宿外塾則謂其師曰昨有不能寐者三人我父我母及我是也年二十一舉於鄉從父治鄉團抵粵寇父勞卒哀毀得狂疾已仍戰寇保其鄉咸豐十年入都會試留交其俊乂文宗狩熱河頗有所建白於樞府已而走湖南就易公佩紳羅公亨奎所謂果健營者與俱拒寇來鳳龍山閒石達開以十萬衆來犯糧且盡公乃風雪中著單絮衣走永順募糧矢與營士㯉饑感動郡守輸銀米濟軍而守益堅寇不逞引去駱文忠公督四川遂果健營與俱而公歸省母出就曾文正公安慶文正公絕重之李公鴻裔典幕職且挾公代已公樂親戰事則之席公寶田江西

軍言於沈文肅公使席公大重頗爲席公設奇策殲羣寇禽洪福瑱江西平敘公官知府再就曾文正公江寧文正公改督直隸公乃以養母就官湖南始終調護席公平苗之軍俾不爲讒構而功以成擢道員經理苗疆善後事懲治寧遠豪族歐陽氏之械鬭皆有功績可述署辰永沅靖道也其治曰鎮箄故苗疆務和民苗安其習憂其僻萬山無以養教之以植茶種竹樹招人製鉋使鉋簪爲糧名之曰簪絲及爲巡撫閱兵至鎮箄則倚簪絲佐糧者多矣丁母憂服闋授河北道三年河不爲災而盜斂迹創致用精舍遴三州之秀延師敎之擢浙江按察使數月以前河南臨刑呼寃獄免官則與張君互訐時也其語頗傳於士大夫閒免歸而護湖南巡撫龐公奏起公辭以疾彭剛直公

防廣東旨交差遣不赴張公之洞方督兩廣奏調公公一行而河大決鄭州詔襄李文正公治河文正公不卽用公言河不時塞公歸十五年秋今相國王公撫河南奏公愛惜羽毛宜特用遂召入都十六年授湖北按察使署布政使加頭品頂戴爲治大放胡文忠公務飭吏清訟原而聯以情手書勸勉人傳其與總督張公廷諍至不憚而卒從之十九年再署布政使二十年冬中東戰事亟擢直隷布政使入對公見上憂勞顏悴甚請日讀聖祖御纂周易庶得變而不失其常之道他所陳奏語尤多懇懇流涕上以是知公忠也督糧臺命專摺奏事明年遂擢湖南藩公一生行事之大者在湖南尤習於湖南樂用其人人亦樂之思以一隅致富强爲天下倡而務分官權與民故湘之人興起者太半其頑者一二中立審勢者裁二三而已寧鄉已革道員周漢者積以張揭帖攻西教煽亂爲總督所治而時人多獎謂忠義及是復刊帖布鄉縣公聞傳燬其帖漢復毆傳吏公怒下之獄而湘士之頑者乃造作蜚語謗公政變而向之中立者亦人人擠公必盡反其所爲而後已故公所施於湖南者獨礦務局已獲優利得不廢而保衛局民愛之私沿其法亦非其初矣嗚呼事之對待也無終由周漢事觀之則今日北方之團匪又豈得謂之非義民者耶而公顚死戀戀於兩宮孰料兩宮顚沛至此耶公爲我言咸豐十一年京師酒樓見圓明園火起案大號遂欲輟文學討時事奮其愚陋庶幾乎一日之强而今不堪令公見矣故余旣哭公又不能無幸於公之前歿爲尤痛

浙西徐氏校刻

者也公爲人大口脩頤意量超然無窮達於其心吾獨送女湖北時從公語不及旬公遂去之直隸公於詩文果不多爲爲則精粹有法自吾女言之公絕貧在官不能詣貧於婚友則時時典其衣裘今所謂晴廬者卽其配黃夫人葬處營生壙而廬其旁此外無一壠也黃夫人義寧老儒諱彩意女有兄錫禧官訓導年十八歸公孝事李太夫人數十年公自以爲不及而公廉實夫人助之終身布衣襦吾女言其嫁時衣夫人有不識者故絕不敢服以光緒二十三年十二月某日卒公巡撫任所享年六十有六公享年七十子男二人長三立卽伯嚴吏部主事政變幷革職次三畏出後叔父前歿女二人長適席公寶田之子襲騎都尉候選道曜衡次殤孫六人曾孫二人銘曰

清有聖帝聖自躬非彼眇末能加聰有臣一人爲臣宗吾見舊誼塡心胸萬世之遇一世逢運則不至征羅凶浩浩民劫方未終臣不待矣年命窮瀕危但祝安兩宮後人有惟公是崇或由困辱思公忠遂憑吾文求其蹤青山之原西山東

陳氏女墓碣銘

義寧陳公墓西南二里許曰趙家塘者將爲冢孫衡恪婦范氏葬處而其舅屬其父爲之銘嗚呼吾乃銘吾女耶女之歿吾夫婦皆居父喪逾月其舅亦遭父喪故雖其夫與其兄弟皆不得極哀此尤可哀也女歿江寧吾及吾婦赴外舅喪桐城過江寧不忍入而哭時北方亂沿江日有警婦言我曰兒不得生還通州今俾其柩得葬通州乎且告伯嚴闓遭喪而龍然伯嚴遂以

營父喪故并營吾女葬於此女出前母吳而成於今母適陳氏人皆謂其有母風然女從母天津誠學三年耳十九而嫁遽不失令名於陳氏其質性亦優也女名孝嫦生二子曰郇曰二郇年二十五銘曰

吾去矣不得待汝來而臨穴則父子之恩止於此雖然此陳氏之阡重之吾文更閱千百年汝墓不毀

外舅竹山君傳

范當世曰吾哭姚竹山於桐城聞北亂而走歸歸無幾時又哭陳中丞於新建昔吾兩來江西皆以竹山君令安福故故入其境而思之矣觀於陳氏之崝廬距城三四十里營於山中四無人居則疑與夫姚氏所營挂車山之廬無以異也陳伯嚴曰竹山君何如人也余曰守其學性澹然不知有世害人也曾文正公以其名父之子也而教之敘其軍勞而與之官居安福數年民既悅便之君則一日不怡上病於大府今兩江總督新寧劉公方撫江西慰留之不可而昧昧然奉母還桐城結屋挂車山中若將終焉然君之養母也侈奇怪珍異之藥無不儲而甘脆讌賞之需無不致也數年畢蕩其產比謀食於外猶將其母爲娛樂計羣公不復能爲之地因而大困起病索原官及母夫人終於安福之官舍君年且六十矣然君葬畢遂無以爲生而負累數千金率以官爲務服除聽銓吏部部吏來告曰明有竹山陽湖之兩缺其優劣相萬也君與某者各以鐵得之與我錢則君陽湖矣君怒叱之去明日肅衣冠至部部諭曰某廕生當得

陽湖也君笑而就竹山總督嘗讀君詩矣又以時入中丞公之言換君大縣君事道府皆應古典府賢人也父事君道紈袴子也族君而遂汚之總督不爲之辨但還君竹山君恥不就貧仍回竹山數月而事有爲君所不然者君乃決曰吾不復濡忍於斯矣稱病得代爲詩以道其將歸之樂然無幾日遂歿於竹山竹山之人哀其無還喪貲也爲具舟而送之悲夫以君之早日退居山中及莫年而反出壓於上官不俾稍行其意而猶不得歸及若中丞公之於世也方且得志行道矣乃反湮鬱偃仰病死於茲廬二者迹弗類而其實相因皆非一人一家之可爲悼痛者也君之姻連皆有文其葬也有爲之銘矣余特錄斯語以爲之傳

護理江西巡撫張筱傳方伯七十壽序 代

光緒二十六年十月之吉爲我中丞桐城張公七十慶辰於時北方亂未定兩宮西狩公內保疆土外濟兵食於行在殫懷致忠寢饋惕息申誡百執事毋言舉觴我之同官相謂曰今縱不得遂爲公壽獨不可導揚公之盛美以風厲末俗因廣其說以釋公憂乎問其所欲言皆曰國家自康雍鼎盛之間仍父子宰相爲天子所敬異無若文端文和兩公自文和公閱五傳而至公歷久而彌亨不懈而益隆吾聞國之元氣恆與故家舊族相因依故宣王中興以召虎而孟子覘國於世臣以相祚之方興而知我國家靈長之基愈無替也余曰子知其一而未知其二得半而遺全者也夫仍世父子以儒相則有若漢之韋賢玄成

者矣大臣至爲天子所尤異絕百寮而禮之則若張安世延壽
者亦可謂盛矣然而安世之後不免有孝臣而韋氏雖傳國數
四亦不復有聞人焉何哉蓋榮業者氣之所爲其氣不由昌明
雄贍而來不足以敦大而成裕而事不積於細微功不成於至
困則雖負高明絕異之質而亦不能自拔於人人故國憂所以
啟聖而家難足以興賢自古及今不易之理也人知張公之襲
舊澤爲名臣而豈知其經歷患害以至於斯有單門素士所不
及者乎公爲文和公之世嫡文和公雖不治生產子孫猶用顧
藉遭遇粵匪而其家始蕩然無存公之大父眲寧公殉節城閒
公乃茹忍至痛詭隨賊中得含斂然後以宵夜縋城而出墜入
積中竟得生求親而共匿無幾贈公又下世獨奉其母夫人以

浙西徐氏校刻

居蓋至同治三年舉江南鄉試而公已備歷百艱矣十三年成
進士年且四十餘論者謂宜亟亟焉筮仕爲門戶計公曰吾豈
以三公易一日哉竟歸事太夫人太夫人之病中帬廁牏自浣
滌之數年不衰服除始以道員需次直隸及天子授公爲通永
道大臣皆以公系出二相風采隱然異日公輔資也而不知其
由困苦篤行來也我江西吏人之始見公皆嚴憚之及久而承
事則公固勤勤懇懇如父師然不知其爲貴人也事無鉅若細
皆手自料簡而身先之又若不知其爲大府也西戌之閒天子
懲於夷患奮然欲更新詔書日三四至公則事事綜核名實纖
悉無俾遺其後天子有疾諸所建置罷不爲而公之勤劬猶昔
不以世變異操其素所樹立者然不可易也今者四夷乘我之

稍懈而亂中國以煩公憂以至天子下詔痛罪已而小大臣吏皆不敢偷爲悅樂其生然則爲一説以進於公曰公毋憂世變亟也構禍愈大更新愈無難安知我皇上再奠區宇之夙志不成於茲時而聖祖世宗肇造之隆規不復見於今日乎若然則以公之賢且將由疆圻而參密勿紹文端文和之後永爲聖清弼丕丕基也公聞斯言其將不以爲貢諛之常而穆然於家國相維繫之理與盛衰交倚伏之故信有加斯者乎信也則足以解公憂矣同官皆曰善於是乎進

汪劍星刺史詩序

光緒二十六年十月之吉爲我州牧汪君五十覽揆之辰於是君任通州九年矣每年是日州之父兄子弟願樂君者皆欲進

浙西徐氏校刻

而爲君壽君則時其豐穰無事而亦或聽客之所爲相從飲酒爲樂獨至今年而北方亂久不定兩宮幸山陝君愁然不安於心誠我邦人士毋言舉觴邦人士曰夫臨觴而不舉者君之誼也欲君之貴壽而致祝於君身此我民之私君之所不能禁也惟是君之才任公卿而充吾願樂之意則遂欲其究極年歲而永永與吾民相依此於頌體爲不宜予宿於文者亦有説以處此乎當世曰有蓋太史公憫漢吏之酷稱述子產孫叔敖之治行以譏切當時而循吏之名以立及孝宣帝起閭閻知民所疾苦謂官數變易則下不得安故二千石有治理著聞者輒璽書勸勉增秩賜金或至關內侯而公卿即由此選焉漢之循良於斯爲盛然自班孟堅所稱王成黃霸之屬已不免有僞飾增加

冀蒙顯賞者矣由斯而降與於斯選者代無幾人而誠否且不可知何者上者不能無以喜怒愛憎去取人而士大夫希世進用之心雖賢知不免治道萬端而莫磬惟久於其任爲最難也明一代循吏首推况鍾鍾知蘇州至十九年之多聽轅門鼓吹送女者曰吾來時此女方乳耳故鍾之利於民則吾知其誠利於民也今安得有十九年之知府耶方我君之初來則亦不自意其能如斯久也日汲汲然進州人而討之築五壩袪百年之患清保甲選士而分屬焉通官民之閡窮僻遠之姦興復至聖廟堂之雅樂月肆而時習之豪宗巨商爲不利於吾民者抗而復之自城隍以至公廨無不修自教養大政以至官醫義渡無不爲故君甫來三數年間有明旦日昃之勤及是而興作亦稍

稀矣君豈惰於昔日哉此乃君之化成而行治與我民相安於無事時也北方糜爛江表宴然而通州尤號爲極治大府臚君嘉績上之朝仍乞天子弗召獎勉留治如漢宣帝時故吾人之幸蒙茲休則出於上者之賜也君亦愛戀茲土無欲去之心吾嘗與君勘沿江之沙經行林木晻藹中童穉拍手而歌盈路吾笑謂君得一州而理如家人父子之相愛雖平世猶甘樂之矣君雖巽辭不勝顧未嘗不深韙吾言也然則遂充吾意祝君之恆久於此如明之况君幸也國亂平而時復康則自今以往且歲歲爲君壽焉寧非古之所謂吉祥善事者耶而君豈有不樂聞者耶我父兄子弟皆曰然遂書以進

范伯子文集卷第九

范伯子文集卷第十

通州范當世无錯

草堂先生墓志銘

先生有李白杜甫氏之胸襟而無其遇故其爲歌詩殆微至矣而放浪奇肆不可以僞爲也先生亦知之而絕不爲故其詩無假象焉爲人一如其詩同治九年吾與先生長子磐碩選入學始識先生十二年先生試爲選拔貢生優等與於兹試者惟磐碩一人先生曰吾危欲失之自斯不復進取光緒六七年間吾再至先生所居呂四場其時吾已遊事張劉兩先生以所業質先生先生欣然亦令磐碩出遊而送之河干曰子其一與公之無吝於時晚陰晦吾微見先生送我有涕痕故每念之也悲夫

士一去其鄉而遊則如以船筏著濤浪間惟風之所使如傾豆盤而散之地遠近莫或得自置焉者雖以我與磐碩之互相持然視先生純白無過之體不逮遠矣而先生顧猶以不遊爲恨先生前此每年一至州詩吾父爲笑樂間亦和歌以相娛及吾父沒先生來書曰吾不哀若父吾不忍見若兒弟也蓋先生亦篤老且病矣先生姓李氏諱芸暉草堂其字通州靜海鄉之世族也有詩殆二千首娶於江生子安完宗安郎磐碩今易名審之進士總理衙門章京用兆亂走歸得侍先生疾書告當世曰吾父雖疾甚神明湛然誠他日必肖堂銘我而季直書之故吾急次先生大略而系以銘庶及先生見也銘曰

此純懿之人詩載其神臺藏其身閱千萬世其永珍

公祭草堂先生文

年月日范當世等謹以羊豕肴酒祭於草堂先生之靈曰嗚呼古之君子臨老成之喪則莫不痛惜豈有他哉年華易於彫謝德業久而消磨天禍人敗傷殘實多故行輩日上而名節亦與之嵯峨者此乃百中而未得一焉有之則足以鎮壓流俗而挽回十一之頹波惟先生之行誼應漢時之儒科比投老而不仕養無窮之天和詩無怨誹醉不傲傞悍夫當之而色緩僻士不能以行頗昔揚子雲推蜀嚴之德以爲隨和無以加也然則如先生者亦寧非通州之寶玉而忍見其沈沒於山阿屬當端剛之亂萬姓困於網羅仁人志士有淚如河人亡國瘁重哀奈何陳辭釃酒以寫滂沱嗚呼哀哉尚饗

孫芸軒先生哀辭

光緒二十六年十一月二十五日孫芸軒先生年八十四卒於家其故人之孤范當世哭之慟曰嗚呼今幷求若似吾父者而不可得矣方吾父之初喪公屢就而撫視我吾見其坐而鬚眉動則長號不能以自休然其後亦愈慕見公公熟於葬書吾父之葬也大風雪中從始追終視惟謹公長於吾父者十年莫敢當其勞者公故隆然自以爲誼應爾也間餽以酒二樽公則親來反其一公徒行不以杖必固請然後得以輿送之前公歿之十餘日猶聞其日臨視保嬰事而皆以輿則竊憂其衰無幾而公歿矣公爲人篤於親敬於友朋自同光以來知吾州耆皆禮請而屬以事公不甚媚悅人亦無取怨惡澹然而已吁今天下

變益亟矣老成之人舉無所用於世非老成之過也公嘗從吾家步出門吾從其後凡吾州之道路皆亂石崎嶇不良於行吾謂公誰始此者公曰此豈無用哉譬城圍而力盡令下取石子搏擊猶足當勝兵數萬人俾後生聞之將不笑公言爲太迂乎吾以是歎公之誠而益以悲世也辭曰

惟范生之里處兮有父事之一人屬傷悲於陟岵兮益慕類而拳拳夫何後先徂謝兮曾不越乎兩年謂老成不裨於時用兮奚以憫夫俗尚之推遷彼考終於叔末猶太古之歸全縱無生而何憾覺生者之可憐會顛連於亂世重孤兒之咎愆聚私衷於公歎藉一辭以傳焉

奉府君入忠孝祠告文

光緒二十七年六月朔日乙未長子當世謹以羊豕告於顯考府君之靈曰昔者府君聞人之稱孝則掩耳而欲逃追府君謝賓客而大夫君子遂以府君之孝行列上之朝且曰此彝倫之公理不容聽其撝過而不昭今朝命下矣春秋典祀與忠義爲曹敬從有司之後奉府君之神主往即於次而不孝之去府君也乃自此其益遥哀哉尚饗

代汪州主祭文

年月日知通州事汪樹堂謹以羊豕告於孝子范君之靈曰惟君之孝德兼百行而有成堂得與於襃揚之列亦庶幾乎守土之光榮國家忠義孝弟之祀列於至聖豆籩之次例得以學政代行而堂與君有一日之雅故於其入廟之日不可不親陳奠

畢以安君之靈尚饗

貤封通奉大夫浙江候補知縣林君墓志銘

無錫林君稚眉爲其伯兄之事狀而張季直持以授余曰子其爲銘之稚眉吾所知益可信也其言曰吾兄自十一歲從吾父宦江西遭吉安城陷而吾父方被寇圍於信豐吾母奉吾大母提挈稚弱日遷徙無常吾兄即未嘗不獨留居後屢瀕危而獲免既免未嘗不力學年十九則之左文襄所部王開琳軍從征江西皖南浙閩遂至廣東於克復嘉應州敘官知縣臨當之浙江而吾父誨之曰汝不負吾信汝汝第無濫交無忽獄無巧宦以競名而已於時吾兄甫逾冠大吏少之及試以事未嘗不辦治年二十五則遭吾父之喪吾兄雖甚哀至其營葬事一木一

石皆手自置也服除反浙遂署青田署淳安會稽桐廬兼署建德署東陽永康凡歷七縣所至皆以治獄爲兢兢務無以聲色加人而不得其情或至通宵不寐於會稽治一因姦服毒案七晝夜而情得好事者至書以紀之於青田也遭旱荒米商居奇吾兄自以錢糴寧波米至而價立平於淳安也民既被水災吾兄則多爲之方以救瀕死而桐廬居萬山之中溪水往往暴漲沒田畝吾兄因創築保禾壩而桐廬至今無水患焉東陽鹽商歲與令千金吾兄移以給東白書院士子去東陽一年復奉檄往治獄民士依依泣過於去時及去年而吾兄卸永康將以省母江寧寓廬大府留治衢州之亂案吾兄以其事鉅而寃衆也適患疾日扶攜而入讞局案雖以結病竟從此不可爲亦竟不

能省毋彌留之前夕而永康之人有來營求吾兄再任者雖其愚亦以重吾哀也稚眉又曰吾兄之友愛非常人所能也其撫吾弟妹至數十年而未始有間言今也吾兄無子而子吾子吾以吾所例當得之封貤封吾兄嫂何以加於兄哉嗚呼稚眉言摯矣吾以謂君生於亂世卒於亂世四五十年之間內以行其孝友於家而外有一二及於氓庶其於爲人亦何愧之有耶君諱志仁字少眉所著詩曰心齋吟草葢亦自號爲心齋先世安徽婺源人至君高祖始遷無錫遂爲無錫人曾祖諱光墅太學生鄉飲大賓祖諱昌儀太學生考諱祖壽官江西宜春縣知縣三世皆以君弟志道貴贈通奉大夫君弟二人志道志禮志道即稚眉也官直隸候補道君初娶張氏繼娶周氏皆前卒妾錢氏亦無所出君以光緒二十七年二月十二日年五十六卒於杭州稚眉率其嗣子祥慈奉喪以歸卜以八月二十日葬君祖塋迤西戴家山之麓酉卯兼庚申向以周夫人祔銘曰

君有兆姓吏爲歸父有眾子兄爲依令縣縣得良吏而家家遇賢兄何民困之不蘇而人才之不遂耶哀君之爲不顯於世我銘昭之以慰其弟

誥封一品夫人萬母田太夫人墓志銘

吾友萬星濤之母田太夫人卒於漢陽里第吾夫婦旣各爲輓辭付郵逾年星濤乃命其僕抵書通州曰吾爲吾母相地得葬有日矣必吾子銘其稱述母行則曰吾母自十六歲來歸虔事我大母朱太夫人至百歲而終未嘗一日不當其意始時吾家

已中落遭亂益以貧窶而吾父竟賴吾母之助并力復興其家及吾家稍裕吾父則壹樂分財與人吾母益與同志闓乃曰今之士夫勇於據財而怯於爲善甚非爲子孫長遠計也故吾父所施於鄉者數鉅萬矣父沒之明年今湖廣總督張公創兩湖書院而困於財吾母立出其所蓄六千金命上之曰張公此舉大有造於我楚人吾但願若曹多讀書不願以多金遺若曹也其歲時振卹戚里孤貧或皆不俟其自言且未有厭其煩瀆者嗚呼星濤之言是也以吾所知星濤之徒友其始半皆寠儒星濤時其急請於太夫人而厚周之至再至三而不厭星濤顧不肯言耳曩吾夫婦送女至江夏太夫人悅吾婦而留之命酒而促之飲醉則示以盈篋之柑曰速若醒爲我說古記也去則惜

曰安得越數千里而與若言其愛樂儒文出於天性此宜星濤兄弟之學成邁衆而得朋多也星濤官江南太夫人既就養及去年六月京師急江蘇巡撫檄從勤王太夫人遂促之行而自挈兩孫還漢星濤既罷不行檄護蘇松太屬教堂道聞太夫人病而走歸太夫人猶怒其私廢公也然無幾卒矣星濤之父曰贈榮祿大夫知府銜浙江補用同知諱正緗先太夫人十一年卒太夫人卒以光緒二十六年七月三十日享年七十有七葬以二十七年某月某日某山之原子男三人長大璜中書科中書早卒遺腹一子昭度花翎候選道今爲承重孫次中立舉人三品銜江蘇候補道即星濤也次琨由廣東海豐縣知縣改官三品銜浙江候補知府女二人長適舉人德安府學訓導呂

壙次適監生張光顯早寡諸孫三人孫女二人曾孫一人銘曰
女學廢矣坤無儀有鬱厥德天成之每瞶一遇福不貴舉所附
耆咸受施子姓食報眞其遺孰居儉約忘銖錙誰薄富厚勤書
詩惟母有德人盡知吾爲銘之千世垂

誥授資政大夫日講起居注官詹事府詹事朱君墓志銘

故通政朱景唐先生之季子輯齋刺史莞榷通州既年滿則歸葬其伯兄詹事君而過以銘辭相屬余嘗以輯齋安雅不類世俗有味乎其人而因想見其父兄之德又嘗從吾師張廉卿先生受其所爲通政公墓刻之文而審其世次矣銘固莫余宜按狀君諱琛字獻廷一字小唐實爲通政公之長子通政公卒時君年才二十五貧至不自存然且畢葬其八世祖以下十三棺

以卒父志而身自依江蘇學政從校文爲活比鄉試中式而泣則同治九年庚午也辛未會試成進士改庶吉士甲戌散館一等授編修乙亥大考翰詹二等賞大卷江綢充廣東鄉試副考官丙子順天鄉試同考官壬午浙江鄉試副考官癸未一歲中累遷至洗馬乙酉轉侍讀丙戌補日講起居注官戊子京察一等還庶子己丑遷侍講學士賞三品銜庚寅會試同考官轉侍讀學士辛卯順天武鄉試副考官壬辰晉詹事癸巳四川鄉試正考官甲午正月賜宴慈甯宮頒賞珍物旋以京察休致君立朝不務爲表襮循分供職亦不妄有所言傳於人者獨戊子請罷修鐵路以安畿輔庚寅順直水災請賑卹兩疏而已其留中不發者雖所自訂年譜亦不言其何事也私居危坐則臧獲莫

能測其喜怒而自名其齋曰觀所養尤篤於友愛自通政公在時兩弟瑜瑞皆君自教之厥後授室入官君亦勞之如父乃至女弟及諸姪女適人者於其生有子女及存若沒欣戚皆見於其書君既休則主上海龍門書院而君次弟卒官湖北哀之成疾輯齋堯權如臯閒月則兄弟往復相視又約許氏妹同居江寧至寧兩月而病卒實歲丁酉十一月十八日享年五十有六嗚呼君德人也其致位通顯乃以聲律對偶之文不以其德而去之亦不以其罪所從來久矣然自君休之歲而有中日之難繼之以戊戌之難庚子之難禍流搢紳衣冠掃地而科舉亦因以變革求復如君家父子仍世雍容蔚爲太平之文學胡可得耶而以先師之銘通政公至余今日而銘君二十餘年之閒世變遷已如此亦重可悲也君初娶胡夫人生一子二女皆殤身亦感疾卒君以次弟之子祐蕃爲主後將婚又殤繼娶方夫人亦無所出臨沒更命以輯齋之子某爲主後葬以光緒二十七年辛丑某月某日某某山之原銘曰

君涇人貫溪葬父南陵卜爲之宅靡有定東南歷卒葬於涇無不宜厥考相望其勿悲世有令德人所思更閱千世無或隳

范伯子文集卷第十

通州范當世无錯

馮君開父墓志銘

君患瘧閒兩日一作作已而起居飲食亦漸復焉一日甫已而友人王銘勳病危君走爲禱求方又頗爲營喪具勞兩晨徧走城之四隅比患再作而竟不復起然前君没之七八日沙元炳金鉽等輩卽其家置酒壽君七十君猶起步室中而君子明馨且乞言於余及余送王銘勳喪柩至南郊還過君門君旣小歛矣明馨泣言君所以疾甚且伏而號曰不圖不得先生壽吾父乃俟先生銘也嗚呼悲夫余銘君固宜君旣老困不遇家又落不得發抒其意時或爲小善無足道者獨余十四歲從君爲文

浙西徐氏校刻

會君雖貧猶愛樂文士君配包孺人尤信重余時時提明馨而詔之曰汝視若也於時明馨僅數歲而其後竟能讀書賣文以養其父通於四方賢士大夫以宣其父母之隱德惜乎包孺人之不及見而君固已身受之余亦從而悲樂之矣君又忘身以徇人之急其信義足以取重於人人是宜有銘銘曰

通州世族曰馮氏運昌其名開父字歲在辛丑九月死七十逾期十日耳鄉人立謚誌君美宜著令德賴有子孰式君墓吾銘視

題黄漳浦手札

往祝穉農來吾州州人或相驚告謂其以番錢七十枚購黄漳浦遺札七通葢出於某氏之所藏而惜乎其子孫不能守也穉

農則亦迫於行而索題於潤生及余遺此卷而去余發而讀之則所謂七通者東厓相國之所輯至陳恭父題此卷時已但有五通不知彼二通者何日而亡之今艱貞之餘情事不備重可惜也潤生既有詩余與舍弟治行未遑暇既行及於州南九十里之丁堰讀延卿曾泊孤臣獨夜舟之句因以求信國公之遺迹而不可得蓋其時特經由吾州而渡海而吾州人遂處處祠之此誠出於秉彝之公好亦由其土之僻或曠隔數十百年歲而無瑰瑋絕特之士生於其間故慕想盛名之彥而願其得與於斯也漳浦明之信國也雖其足蹟不至乎此而發視此卷則精神涕笑如親對焉亦寧不重可寶耶由州而適縣猶吾土也稚農其永葆之

題正定王氏家傳

王道農司馬示以所爲正定王氏家傳余受而卒讀之曰懿乎哉五六百年仕學相承之世家近代所稀有也以余所見獨桐城姚氏先德傳則亦自明以來緜緜延延至於今不絕差爲近之姚氏之先達大率以難進易退爲立身之本故其科目雖盛而利祿之際常不取盈焉余觀王氏仕宦內不過九卿外不過監司而司馬之述其祖訓益懇懇以家道之升降由於天爵之盛衰其風彌近古矣獨其不甚以著述爲事而司馬之曾大父椒園先生與其世父梅叔先生所學並以釋氏爲歸而司馬亦有跂想眞如之歎以與姚氏之以文學道義爲世範若不相似者然顧吾友嚴幾道之談西學也嘗推極於西方之教宗而至

妙必歸於佛釋了盡空無未有如佛者達識之士通於佛之說而知一切皆幻惟意爲眞卽意成空因空定物務合意物之際不隔一塵然後不負其爲我遂乃舍心性而談形氣而格致之事興焉然則因佛理而進求之世運且以更新不特謹守之足以善其家也司馬亦有新家之意乎吾知其進子弟而教之必更以余言爲可採矣

答桂生書

桂生足下承書乃在里中爲舍弟治行卒卒不遑暇然且與內人同讀兩過讀已而藏之衣襭冀得閒復也終竟無閒遂攜舍弟至淸江濡滯累月而後遣之行身亦還里度歲篷舟風雪中至無聊賴乃取尊書復讀顧不知足下之尊字書所稱吾故人諸研齋蔡君嵩等輩其時皆未嘗道君而道君者或去年南昌所値之蔡公湛耶如嘗道君而我忘之則亦荒矣他日必以告我書中約兩事一以文見詢一以佛自喜文則吾不敢謂不知有論文之兩詩別紙寫上而君試參之佛則吾未之學也然卽君所求於我之文亦故我而非今我我之今日乃獨皇然於西學之合乎天理周夫人事而視我向者之所爲幾不成其爲學且其爲道深博無涯涘斷斷不盡於已譯之書而年老舌鈍不復能往而自求則因以責之於吾子望之於吾徒如秦皇漢武之所謂三神山未能至而必欲甘心焉者殊可笑也足下乃求所謂佛則亦知佛者乃西學之所從導源否耶往者西人之談心性也至佛之說出而信其無以復加矣佛言空則眞空也佛

言幻則眞幻也空幻之至而身世盡歸於無有以不可控摶之身而居此不必誠有之一世日日而不已則亦如何而遣之是故西人曰不可控摶者我也不必誠有者物也而覺其爲我而覺其爲物則非物我之能自名而純乎爲意之所指也就意之所指而一往求之務明其所以而至乎其極則形氣之事興而格致之功成成焉而不可敗操之而不可使得而遁此西學之所以爲定詣也此乃吾向者之所嘗揣得吾友嚴幾道之傳天演而益信爲者也足下之所謂佛其純空之佛耶抑可以反而策焉者耶謂西學周乎人事乃今則亦什伯其人矣謂其合乎天理此則區區一往之謬說而同者乃不過二三也然居今日爲後生言則宜切是非而無所容於客氣亦不得因爲譏而自惑故吾向者之所謂文乃但可爲賢豪之餘事自憂自喜而不可概之於後生卽足下今者之所謂佛亦但可爲高明之極境自性自度而不可概之於後生者也足下以爲然乎否乎書末乃謂孫伯滂私淑吾詩而忽焉已亡可爲流涕佛說信矣足下益以人命短薄爲憂然西人作事不顧修短但取賡續吾亦有詩曰作述從容要三世賸容泣導後生來此又足與君言相發否欲見無時用此遲臆當世頓首

浙西徐氏校刻

列國歲計政要序

白振民孝廉吾州之俊異士也吾友何眉孫羅而致之南洋公學益以爲大師焉眉孫歿而總理南洋公學者一歲中數易其人沈君子培亦嘗尸其事子培益吾友張季直之所嚴事而吾

向者私引爲同類恨未得見焉者也然振民斯時乃獨辭公學而去吾竊怪之猶以爲意氣之適然耳及余至清河人有自上海來者言彼間人士倡爲自由之說其禍爲最烈而振民者爲之巨擘余誠怪而不信亦無以相難也歲莫歸里而振民來相勞問出其所與傳孝廉張訓導同譯之書曰列國歲計政要者請序於余余觀其書蓋強弱多寡之所著驗而是非得失之所從出其理昭然於事物之際而苦於東西人之不相喻非譯不傳振民爲之是也其譯例若曰書爲吾國譯也獨置吾國不述爲不可而悉從其序則吾且自儕於列國益所不安故謹譯大清一篇立於上篇之首而次乃及於亞細亞洲余深韙其說振民又以皇室一條屬余爲審定余觀各國篇首於其侯王君主

浙西徐氏校刻

生出本末皆詳係之傳君從其例而書之益慎殆不可移然而書爲我國譯也吾國人之戴尊親周於婦稚此亦有不煩贅言者乎振民亦深韙吾說吾因以窺夫振民辭氣胸臆之間其去曩人所謂自由者亦遠矣然而重得此謗者何也自古文人學士之相非薄其激極遂成爲黨禍而方其萌動乃常起於隔而不相知一言一事之殊迕與夫一二小人之奸其間皆足以生此也方今天下狃舊者亦稍稍盡矣其將出而輔相公卿議維新之政若子培者不能十數即振民者亦豈能百數哉而苟其猶有前者不相知之患則吾得仿譯書之例而爲之通其意曰處乎今日之勢年至四五十以往若子培者多憂多懼而並不見以爲可喜者也若夫年裁二三十以來如振民之留心於君

國亦憂亦懼兼一自喜其有爲者也少年能深體老成之憂而老成益樂用少年之喜事卽何往而不可爲君序政要兼及於斯以匡振民且以就正於君子焉

劉旭初之母壽序

吾少時往來東門市上與吾友劉旭初始相見也則心異其人問於先君曰彼何此居闤闠中而神宇疏秀若此先君曰此舊家子也汝不聞徐清惠之微時論婚於劉諺呼之爲劉百萬者乎其實劉氏之方興乃以文學治行聞於時而藏書亦最多不以富也於是先君遂有意乎旭初之爲人而余與之交久爲益孰迨今且三十年矣旭初已能教成其二子爲高材生而身亦致產數千金養育親黨施及於其鄉鄉人推之爲老輩矣一日而旭初於舊好之所在忽毅然其決絕之若惟恐不勝焉者吾笑而言君年長於吾何所懼耶君慼然曰懼母氏之見責也於是余乃深悔其失言而因以知旭初之賢蓋非特種性使然亦其沾濡於母教也傳有之曰公侯之子孫必復其始言根本盛大雖傳之久而衰歇未有不復興者也詩有之曰釐爾女士從以孫子言天祐君子之族類必錫以女之似士者而後子孫從之而賢也乃者西人之言理亦往往與吾之古籍相發故其生學家之說曰人之一身常有物焉轉附於其子緜緜延延代遞於微眇而不可死或傳之累世而忽有極似遠祖者焉是謂反種此貴種之所以爲寶也而陰陽牉合之閒又必其相宜而相劑斯其種乃日進於良夫所謂貴種者何耶學之精且純焉而

積久遂成爲定質也云爾所謂相宜相劑者又何耶德之精且
純焉而積久遂成爲定性也云爾萬品之差皆原於質性而成
於學此學校之所以當興而女教之所以尤汲汲也今太宜人
旣以其純淑之德作嬪於舊門力能振起衰歇而勖成其子又
篤其孫此其巍然登壽八十信可以賀矣而眇末小子更舉一
觴爲太宜人無疆之慶者則以今天子興學之詔月三四下羣
公卿士奉行若不及而今而後太宜人之孫若曾玄者遂可以
無人不學無世不學而劉氏之宗乃至一興而不可敗也豈非
古所謂吉祥善事而太宜人實親啟之與其爲樂豈有涯與旭
初方將率朋以助敬願得將吾言而偕進也

范伯子文集卷第十一

通州范當世无錯

通州小學堂宗旨

學堂何爲而作耶皇上懲甲午庚子之屢敗變法求强而決然行之者也夫爭强莫如以兵强兵莫如以富何爲而必出於學曰此其先務也兵且有兵學焉富且有農工商之各學焉自今無一事可以不學此特其普通之初級耳選學童而爲之者益曰立國必資乎人才而培才當始於子弟立教必徧乎全國而變國莫先於秀民也凡爲學堂之大綱有三智育體育德育是也一事也人國婦孺之所知而我之老宿不知一名也人國僕隸之所諳而我之公卿不諳雖欲開通全國其道無由此謂智

弱人皆廉信而好潔我獨貪詐而喜汚大而服官行軍名實之間小而日用道路之際常被外人之恥笑而曾不自知其所由然也此謂德弱人民之精神國家之血脈也人國合兵民文武爲一而我以好勇尚力爲羞勤惰之習分堅脆之形成不待臨戎而勝負決矣此謂體弱皇上憤欲變此三弱者而轉爲强則舉天下之士農工商概納之於學然則遂用西法耶非也凡爲智育者智之事也凡爲德育者仁之事也凡爲體育者勇之事也此中庸所謂三德也而且有書數爲智育類也有禮樂爲德育類也有射御爲體育類也此孔子所謂六藝也三德之所彌綸六藝之所擴充而一義行乎其中焉一義非他忠愛是也去家庭之教育受國家之教育凡以爲國家用也修身入羣以講

求一羣之公理而後可以敵他人之大羣此在各國之立學莫不皆然而況皇上含積年之痛洞然於全國腐敗之故猝欲與人爭而不可得則不得不沈思一往望之於學堂者乎是故學者非盡去其故以與萬國求新不足稱皇上之意而苟不惟本之求而逐其末忘乎內之痛而慕於外則盡驅人適異國可耳何貴乎有學堂也顧爲學堂之條例則甚難矣自中國外各國之人無不學者約計其學年則四五歲所居曰蒙學校七歲至十三歲皆謂之小學校而有尋常高等之分十四歲至二十歲皆謂之中學校而有尋常高等之分過此則分科大學校終焉人一齡而上居學校且二十年而秩序釐然不可紊今明詔所謂州縣小學堂蓋人國十一二歲之高等小學校也而尋常之

浙西徐氏校刻

階級未經并宜有十歲以前之事顧其所選爲文法較優之學童此即不容以年限而術之當改知此者纔十二三焉猝語高深既茫然有所未喻概從淺易復傲然自謂已知且羣經爲聖哲之歸法宜至中學始爲深語而不免滋守舊者之疑外國語亦專門之一法宜待中學始議博通而無以饜求新者之望緣俗情之可否而遷就之是謂苟且苟且不可爲也度事理之行否而變通之是謂權宜權宜不可不慎也州雖小乃天下之積學堂雖小居衆學之先自我爲之敢不重耶是以嚮念皇上變法之苦心推原聖人立教之本旨務俾諸生開通良知以受衆美毋若俗士矜惜舊習而塞新機我亦數十年讀書之人曾無一二端爲國之用茲爲可痛豈容諱哉勉竭愚誠以定宗旨且

設爲十目於普通亦備專門酌分數班由尋常而至高等但使進而能接大中學堂之程度而退不失爲蒙養學堂之楷模斯已爾

記如南老人軼事

老人諱延齡字大年通州馮氏康熙間通州隸揚州府州錄老人學僮第二送試於學道於時取進入學者例須納棚費十餘金不者或言雖既得而猶奪之老人偕往之四人皆前列無所取貲老人探囊計足四人金謂四人者曰予不爲士猶能爲商公等舍此莫適矣夜分金投四人牀亡歸自兹弗復進取至乾隆二十五年老人年八十餘遺教析産猶言吾澹於榮利無所積以遺子孫而未嘗不遺之以安好書令辭篤雅君子也光緒

浙西徐氏校刻

二十八年老人之第五世孫澂得老人書敗簏中以示范當世且曰幸先生記之范當世曰老人之欲貴其友而自沒也乃不知從其時到今著於學官之籍者已三四千人而四人者卒莫能紀焉及若舉老人之風義以傳於世則一二人而止矣人顧何爲而不自喜耶

秋浦雙忠錄序

余八九歲時聞父老之言黨錮問何以爲黨則曰若子之先太蒙先生與顧憲成高攀龍講學赫然稱東林黨人者是也余不忘其言久之乃得竊從人家窺明史諸傳未嘗有先人之名私謂此父老夸耳及至十五六歲讀先公之書究觀其本末然後乃知其進不枉道而退不徇於時名彼固不以東林自居其不

傳要無足怪然自其後遇明清之際名家著述閒有語及先公者心固未嘗不喜而夏嗛父所刻吳先生次尾東林本末留都聞見錄二種於十年前偶得之其閒語及先公者三事聞見錄所稱徒足以見公之丰采耳其在本末則吳先生以李三才之爲人折衷於公聞公之論而心服爲此最足見先公平生之大概吾故尤寶其書謀復刻未果而去年冬劉子懿石餽以吳先生文集又以秋浦雙忠錄屬序於余余觀之則嗛父所刻儼然在焉此眞余所樂序也雙忠云者劉子同里之先哲在宋時有華先生子西先以韓侂胄當國固諫北伐竄建寧圜土中已復以卑官謀去丞相史彌遠杖死東市宋史列之忠義至明亡之次年而吳先生以諸生受唐王署郎家起兵被執不屈以死所

謂雙忠者也悲夫悲夫人國之既亡則其勢有若飄風斷蓬之不可控追賢豪長者亦明知之猶欲殫其心而畢其命以爲吾不以捨君父而事仇讐爲爾此其事雖愚而實智乃若其國實介乎存亡之閒用此一人爲則亡去此一人爲則立可以興而此一人者乃遂若崇山大陵之不可拔一天下奉之下士不量而攖其鋒則舉而滅死之如螻蟻然無足稍措意也吾故以爲其謀若智而其實乃可謂大愚是以先公有鑒於此立朝無幾彈一奸相不果以爲吾不可以復苟祿遂去而還其鄉專以教化風俗自任而冥心時局者四五十年啟禎之閒削奪遷擢如弗聞也者人號之爲眞隱公其樂以隱終乎哉其有所傷心於此矣雖然華吳兩先生之所就匪以爲名而各致其一死以動

天下羞惡之心以爲黨奸事讐之大戒此卽先人不顧三公之意也此此余小子所以反復於玆錄乃不覺沈思而泫然也

聚學軒叢書序

余臥病江寧寓廬劉子葱石使人以一車書至曰我有五洲艤編譯叢書之選今姑以朝鮮近世史往而子觀爲我有聚學軒叢書二百五十一卷今畢以餉子而子爲我序之余讀所謂朝鮮近世史者旣終篇則哀悲涕零脅痛轉加乃泛覽聚學軒之叢書取其近吾性者六七種以忘吾憂而陳本禮氏之太玄闡秘且讀之一字不遺兩日而後卒業乃作而歎曰孰使吾國開通至四五千年破文化者猶不過百一而全國之民至今猶淪於闇昧之域則豈非文深之過耶顧文不深則不能歷久而長存而聖賢魁雄之人常深構其道與精載而之乎萬世於一世二世之毀譽愛憎曾不稍措意者以能明此道者鮮或曠世而不逢其人也嗟乎嗟乎又孰使中人以上之資壹自腐於聲讀故訓之閒頭白而不悔不但忘其身之別有事乃至幷不敢以作者自居則豈不因六藝文深舉所謂千一百一之人才盡湮閼於此耶夫百一乃至於千一既無論矣閒數世而有萬一之人出焉則此人之所爲又必訢合於前哲人之所云云不求近知也而轉相待所謂後世必有子雲之一語不知其爲悲爲愉者也蓋六籍以後惟獨楊氏之文尤號爲至深吾向者嘗與吳冀州其讀其書矣至兩皆釋於心則相視而笑一日冀州問余以劇秦美新何如余曰此必子雲潛爲之而未上者上則不待

閱其文卽劇秦美新之云莽已殺之而有餘恨矣冀州欣然於是乎有讀符命之作當時固不知有陳氏之書在今觀陳氏之於玄節解而章疏之何其智也然陳氏知玄爲刺莽而智不及於美新亦曰此不能爲之諱也云爾豈非雄文至深閱千數百年而遇陳氏猶有一二之不能盡明者耶前此二十年吾與冀州教授於北方皆以深文爲教後皆悔之或至相向作危苦之言以爲吾與若之所爲皆不成其爲學此則今之慕仰冀州者所不知也劉子之於世可謂憂深而思遠者矣乃其述此刻之緣起則曰吾刻時務叢書而深有懼於古刻日亡舊學絕續之際竊謂此可無懼也果其書有不可廢者存則自今以往吾國萬一千一之人因國文而曾通由曾通而深造其必有餘力從容從事乎此使道愈美而文益珍焉劉子年未三十已博通中西而優游及於邃古非其人耶吾故樂爲序之以明吾嚮且願後之撫是刻者皆不徒然也

周玉山中丞壽序 代

日者僚友來請曰周緝之觀察將以發歲正月初吉首塗之山東爲其父中丞公及其母吳夫人稱七十之觴江南同僚謀因緝之獻壽於中丞公而屬其辭於光燾且爲述公之治行與夫人之懿美甚悉光燾曰夫人賢固也周氏諸子之顯貴而有偁行海內所稀有也身爲畺吏則不顧其家非得賢夫人爲持家而訓子鮮有不及者矣周氏諸子之賢夫人之力也此宜公之所顧而樂也若夫稱道公之歷官行事則余竊謂此不足以爲

公壽也已公生平得力在治河而其尤嘗殫心者莫大於治獄
此在他人得一皆足以自襮於天下而公名臣也自公視之皆
分內應爲之事無足爲公言者至其始終贊助李文忠公與列
強交際從容尊俎之閒折衝壞牙而最後之責列強退師收還
天津且聲與淚俱感動外人天下賴之比之諸葛忠武之有替
人焉此則凡今孺子所能言而自公思之輒有傷心涕零而不
可道者今日爲公樂則余益不欲以此爲言無已姑就余所聞
公之軼事而聊且述之以志余之低徊焉緝之試爲我詢於公
曰我聞公之爲直隸按察使也嘗處一縣令既定讞矣而其人
熟於吳京卿摯甫京卿於時方主講蓮池書院其人則京卿故
人之弟而京卿實庇佑之以贍故人之妻孥者也用是頗入其

人之言爲求解於公而公弗許則益據其言爲書以達於總督
李文忠公文忠爲致其書於公曰摯甫不妄言者君覆之可乎
公乃條其事之本末一一就吳書而斥難之以復於李公李公
大韙公言謂京卿曰子所言者情也而周公所持者法也吾不
能屈法以信情獄遂定他日京卿由保定至天津從文忠讌語
文忠問曰屬見周公何爲京卿曰彼其好學爲不可及也曰好
之何如曰吾見其日讀漢書有常程且壹皆筆讀之無或閒者
於時文忠方日覽管子笑曰吾隨過而隨忘之不能若彼之勤
矣他日文忠遇公亦笑而道此光熹竊嘗聞之友人歎息以爲
三美而公及今猶憶此否耶公之待遇僚屬風采一若文忠公
則吾不知今山東之監司亦有守節不撓若公之往日而公遂

屈已以從之者乎吳京卿者今所謂教育家也公之興學於山東禮羅碩彥則亦有虛明博洽若京卿其人者乎論者謂今日疆臣之禦敵已無復善策之可言惟有得人以講求吏治得師以興學誠求於根本而機亦自轉此宜力所得爲光燾顧日夕求之而未有當也公其何以教我哉吏有從山東來者言公按部時就輿中爲長句而屬吏人人誦之則有某觀察者時其歲晏無事和公詩以呈公不省曰汝視我猶能談此耶有高策妙謨則幸告我矣用是益知公高曠之懷實能遠寄之寥廓之外而深憂獨念以勤天下愈有非衆人所及知者光燾與公並處危時復何忍飾詞以相媚悅惟極知材力之不逮而又差幸壤地之相接恨不一釋負擔從公而舉觴因得從容問天下計也

緝之他日還江南其必能以公言益我夫

豐利徐氏族譜序

今年春季直來視余疾告余以師範學校得算學兼體操之教習曰徐由白者甚稱重之明日族子起傑來省余亦言方從由白受算問何因識由白曰是故豐利場人見之於江寧於州之人無不愛尤愛起傑以弟畜之卽家而授學焉且將卜日來見叔父無幾果偕起傑來三揖而進意篤謹異於他言新學少年也無幾又來將其族父曰煥章曰梅仙兩君之命求爲其族譜之序因詢其家世則言其家故以武科爲世業今也廢而家亦稍稍耗矣觀兩君所述之緣起則徐氏自洪武間遷於豐利歷隆慶而始有譜入國朝凡四修之最後爲光緒癸未旣續定且

付刊矣兩君者之兄曰壽庵者猶以爲未足勞心八年創手稿一千餘紙而病歿兩君雖處約必賡續之以底於成以不沒其兄之勤也噫其可尚也已吾嘗以爲事有變古而之今絕不必咨情於古者有今雖去古已遠而猶必師古之意以爲治者如弓矢校射之爲則豈非三代盛時所嘗合併於禮樂而兼資文武之士所嘗取足於斯焉者乎及乎三代之禮教盡失變而爲强弓毒矢以毒天下無復德讓之意存於其間又一變則火器興而矢石刀矛舉無所用獨存爲武選之一科而得官且不足比於行伍此豈有毫末不當廢者廢之而朝廷不能一一爲之所或疑於恝矣然如由白之人才乃興於學校則徐氏之所得爲多也此變古之爲利而前之爲者可脫躧去也若夫敬宗收族此亦由於古昔盛時井田封建以爲治故自天子諸侯以至農夫莫不有宗宗子收族而族人敬宗故法易施而民易聚也三代之不復宗法變而族制與之俱壞風俗每世而愈薄父死而兄弟已不相收無論疏遠而如先文正者乃以贍宗族名千年閒爲可痛也方今敵國外患之來已極於無復加彼敵人者常能合一種之民族以爲大羣而吾中國乃不能合一家一族以爲羣如之何其不散且亂也新學者或不滿於三綱之說以爲非聖人之言吾則愈欲增兄弟一綱以救世之敝彼兄弟迭相爲統則爲人兄者皆務以教養一家爲事而其家久而不散能愛其家然後能愛其族士大夫之賢能者於其一族即所謂功德之宗也彼士大夫皆務以敎養一族爲事則族亦不散而

浙西徐氏校刻

黨友親故之連結遂有其不容已者然後乃推其愛於一鄉士大夫之能力推及於一鄉而亦止矣合天下之賢士大夫皆不出鄉而化成於家族愛及於鄉人學校之興又足以整齊而通一之羣何爲而不合國何爲而不興哉凡吾是説與少年之言自由者不合獨喜兩君承其兄志而合譜足以發余之言而由白又名能愛鄉人者故因其請而書之以爲由白承承之勖且以復於兩君

顧殑谷先生七十壽序

昔項氏有富貴還鄉之説天下謂之爲其忽王霸之大略而徇匹夫鄉士之見也及至疏廣受父子相隨出關則翕然稱之無異辭以爲士大夫進退之節應如此也吾嘗獨味項氏之所謂衣錦夜行乃深得人心之同然而其理爲不可易非獨帝王卿相也設有天帝神佛於此而居之不知誰何之地則凡民亦仰而視之曰此爲天帝而已矣此爲神佛而已矣其所以得至於此莫從而喻之也人自少而壯各習於其鄉出而遊仕四方則鄉之人耳屬焉比其反而目屬焉觀其所得各道其夙昔以爲樂也出其所有與親戚交遊共享之則甘苦益足以相喻而生人之愉快未有能過焉者也疏氏之問金餘幾取宣聖主之恩爲諸老供具曷嘗不與項氏同指哉顧以知足知止類有道者之言爲史氏所稱美耳然雖至於後世而韓愈氏之送楊巨源猶豔述曩時都門之供張而比方楊侯以重其事豈非晚近士大夫苟得無恥求爲去祿利而還其鄉亦絕無而僅有者乎闗

中益從古帝王之都而士大夫祿利之所從出也近古以來天下之大勢乃改而日趨於東南帝者不復以關陝爲意及至甘陝分疆而封圻益削於行省中反號爲貧弱遊仕者亦弗忻爲然獨至今上皇帝二十六年庚子乘輿西狩奉慈輦以行詔以陝西爲行在所旬月之間百度草創文學侍從才辨之臣十不一二至而陝西吏士之能者乃人人思有以自見江浙閩廣之從京師走還或名隸陝西而不得往者莫不道上海稱貸以去惟恐後時於斯時也乃獨有挾冠時之文魁倫之才掉頭而不顧詫關吏而東其轅者豈不異與則我年丈顧延谷先生其人也先生之甫之陝也在歲丙戌先子六十之年先生爲先子稱祝而後行當世則亦爲先生祝曰願宦成早歸留其有餘之精

浙西徐氏校刻

神與小子戲也及歲甲午先生在醴泉登壽六十當世則爲文以寄引狂簡之思以速其歸而莫敢爲先生必及是而先生之去也凡十有四年而竟來歸相與道曩言以爲笑樂觀其飲啗遊詠之際信乎其有餘也先生歸兩年而當世病作或至累月不得相過往而時聞先生之獨遊人之盛衰無常盍自昔而有之矣顧每過先生則啟我未航兩同年必爲我設精具留與先生其語爲竟日之歡此疏氏子所未嘗有也吾獨怪先生之在陝西與爲文學契好者若今署兩江總督滿洲午橋中丞公及今陝西布政使樊君雲門江安督糧道胡君研孫茲三人者皆頗奏功能於行在渥荷慈眷而翺翔於數年之中今先生稍留而與之共事其所當得豈與彼什百君子縣躐一兩階者同乎

哉而先生竟不留則吾不知諸君之送之也亦有東都門之歎息否耶而先生亦可謂之急流勇退者非耶先生既毅然決然去紛華而歸寂寞又不必與彼三人者其遊而獨喜與不才相晤對窺其意量之閒豈但前此項氏之說本不足爲先生言即疏氏所云云又烏足以盡其美哉今歲甲辰先生與其配孫夫人並登七十州人謀以十月之吉爲先生舉觴屬其辭於當世當世維先生之福祿康豫凡今孺子所能言而德人之身無美不臻觀者亦遂有見淺見深之別故頗陳諸義以稱諸爲壽者之意而先生之覽斯文也亦將怡然而盡一觴別與當世有微契也夫

范伯子文集卷第十二

浙西徐氏校刻

通州范當世无錯

上吳摯父先生書

別後已兩接手書顧遲至半月而後復者自公行始篤甘肅通州桐城各信而家大人手諭至乃忽令內子由桐來津事已難中止而仲實北來之便已錯過家大人不知丈人則本憐其女不得詒言送之來授意仲實作吞吐之辭當世固以爲不可及大人手諭到二日而丈人亦傳電來詢送人大抵得家大人去書正合其意而又苦無人送之也適會此時王雲悔由滬來津則知仲林爲李香緣招至滬仲以廣東道遠力辭不與偕行而張香濤顧屢招而不寄關聘仲亦決計不復就之專在滬候我

之銀信還家我乃措銀二百令至家安頓一番即挈四十兒詣桐弔事已則派人送罕還應州試而身自送嫂來津此皆公行後八日間事而雲悔實以公行後五日到津此與當世同鄉至好似昔者已爲公言之此來名曰散館實則以貧病不可奈何之身來投當世鄉人不知世務動曰登高一呼吾自昔歲即恐其屬望於茲則極言其難并許爲之乞書於相國速詣廣東一行而渠乃偃蹇不報至度歲窮到極處乃取吾兩人公同受人託孤之五百番而借用之今之來津其說則曰張羅散館曰病就西醫吾見其神志昏耗病勢可憐一切含糊慰藉惟以林君視病爲首圖林視至弟四朝則密告我病在心肺證象險絕恐水氣下陷腳尰難消姑移寓安靜之處而設法焉廿七日擬借

吳楚公所不成廿八日擬送之還家而難於開口亦恐冒險不安然是日固尚能移步依然閒談不料其至廿九午刻而遽死也收淚之後問其僕則箱中只有百餘金此固萬無動理查其來時狀則盡當皮衣首飾得二百金留數十番作家用而攜此以行再詢其近年虧空則知其有急債千餘而動用徐氏孤寡之五百番至此始聞於我此僕乃我之舊人熟知曩日經營狀方其用時此僕亦曾諫止雲悔亦出於無可如何既用此則抑鬱不安舊疾頓發所以來者幷無散館意冀以看病躭擱稍稍得錢了此債而見我又慚不能言渠亦重交好義之人當時與我同受顧託亦大費苦心而嬾張羅好用錢又與我同病我聞此故且恨且悲之慟哭不已於是乃先理喪事裴浩亭與彼有交周子玉無交而相識皆赴告以來子玉則又爲我拉戟門同辦浩亭慨然以病中所措棺木相借附身之衣物則諸公未到時我已措齊子玉欲任此日之雜用我力卻之壹皆由我發放非爲彼惜錢也乃猶有後圖而欲其多也從前彼欲我爲之散卷我固無可散亦正不欲散至驟遭此事則知必有不能自惜之處而若不預先安放此層更無由以鑿空乃於措辦衣衾時取四五卷作數書倒塡時日輾轉託人致之小站蘆台各統領以此赴周裴特遲旣殮停棺廟中乃復告此四五公者乞改賮爲賻雲悔幷無父母兄弟妻子之屬有一妾養一族子在家幷已爲之蓄有婦而立之未定其應立者乃凶人家雖有債無產而房屋器具墓田固彼凶人者所利也又雲悔乃自幼贅於李

氏李無子獨有老寡一人其外姑也亦有房屋器具墓田與雲悔混爲一李故通州文儒世家近數十年乃幾於絕種十五年前家大人曾爲他李氏者葬七棺此由行道所見惻然不忍於故家之塗地與上世之相好訪其子遺之一二人則飄流在外不知存亡遂與朱介人先生典質爲此比訖事亦無人來謝三年之後學政試童子出榜之日突有一人曰李幼清者詣家大人伏地哭而叩頭無算自陳聞此事乃無顏來見伏匿鄉村飲泣攻苦念非得一衿則死不謝耳家大人以其言之慟也亦相持而哭審其人有志行卽命愚兄弟與之訂交又益發舒其意爲之謀棲止爲之娶故家老女爲婦而幼清竟連得四男每得一男則奔告家大人立以爲某房某公之後皆不過名焉而已

惟獨雲悔外舅家固猶有薄產而幼清卽持廉介不欲得之而雲悔志大言大謂且必盛爲之地乃足對李氏而償幼清其實婦女閒亦有難處惟家大人以幼清至今亦立欲其終得此爲基址耳不汲汲也今也混合不分而彼凶人者充其類又何所不至故愚意卽請家大人就此處分爲兩家定嗣而書託本州黃君爲之鎮壓其他債我都不深管惟徐氏孤寡錢失此不理則他日卽我之重累而目前幷愁有性命之憂是以報喪王家卽密屬家人告徐氏寡婦謂此事皆我任之意欲於此間籌三四百番幷箱中所有得六百番則半與王氏孤半歸徐氏而衣物雜用棧房盤費皆我任解囊方往借束脩時相國謂我此事一付之天津道足矣我乃力辯子玉之並無交情不得相攖累

所不告訴中堂者亦以王君之未嘗見過耳因此相國送脩金來時別送四十番題曰幫分此其於我亦可謂多情而子玉聞我之辯於相國故亦深感慨然以百番相資彼四五處亦已來百番尚可望百番以外鄙願竟可勉償而張戟門勞頓一番我往謝之渠竟慨然任輪船之資此尤得之意外然我自計所費亦且逾百番尤奇者方哭於雲悔之屍側乃有霍山舉人程伯麟持叔節書蹤迹而至書中謂其人有學行奔叔父喪不俟榜而歸其人與弟至好乞姊夫借與路費云云叔節不知我遭此窘其人亦別無相識此豈能決不應者先生昔謂我好行其德然試設身處地又當何如耶乃者內子復當來幸相國爲假吳楚公所之東院可省房金而日用固不可少所以拉雜事狀如此者固用以當一晝之談而其勢亦欲仲林速得館抵此等開銷幼樵固謂章孝廉去則留之然不知其去否更望先生爲我留心再者會叔若不第出都便欲於此間圖事來時攜史記說文釋例等書數十部交付與我爲之設法此事我固且置之若出都而無事可圖便須向我索錢用如何得了故亦不得不告急於先生渠過此時指明欲擬黃紫垣謀關道口岸之事先生若能再與勉林一書存留儆處俟渠到即令持見勉林勉林究與廉師有素而又當其窮或不在一概謝絕之例如此則當世又可免一番奇窘也方評茅八家查係存省之書此間無可借李剛已處存留之時文雜稿先生必爲我改削批評渠有書來問學乞告以暫未遑暇若寄文以來則答書隨去

再仲弟之事看似切己實則可緩書中言此本是過脤語先生即不管亦可會叔之事看似他人實乃至急渠擱書於此所望至奢我又豈能爲之作書賈而世兄弟多年從前用過吾師錢不少今在此豈能求諒於會叔邪先生於勉林又似不可再與書抑或爲之告窮於相國求爲地邪求如何事實枯窘之至意者仍說關道口岸邪我懷中又有丈人事須叔節出而爲之進言實不能重疊如此耳

與俞恪士書

中秋前一夕放館歸雖祇一日樂如縱囚矣內人見余樂亦因而樂之捲篷開窗縱月入房拂拭長几焚好香念莫如並坐作書之爲妙於是內人爲乃翁書扇而吾思恪士取出懷中書前

此書到於百忙之時悤悤覽一過隨手收入懷內人索觀亦不與則笑謂其父此好友信寶而藏之未必復也吾因而爲岳翁誦一燈紅起寒流外岳翁以爲難怪卻又因此而藻繪南皮打斷當時之話柄當時自爲吾兒女婚事議論又夾著岳翁家小來岳翁事今頗定然吾兒婚女嫁逼迫而來恐今年遂當就此嫁一女過此以往恐遂無復作詩時矣恪士到京何乃如此之不樂吾曩見即日賜我復書之旁有九圈遂惻然謂恪士可憐是必待我作書慰之且我必大慰之願愈奢而愈不成志愈仁而愈釀爲報復之慘酷若非有此拂几焚香之一刻幾乎不爲吾賢鬮料乎此爲樂之地則恪士曩者所高卧也見吾言必神遊其間以爲不可及然試思吾如不自堅者則此刻方在囚籠

中樂於何有此後在世不知還有二三十年否吾當善充其類矣恪士凡事亦適可而止善師吾意所貴乎文學者豈不以自娛其身耶吾詩其實無意於學人出手類蘇黃亦所謂近焉者然恪士願吾取其所能而矯之此亦極意自娛何爲而不可故吾已深守此言矣抑願恪士守吾言者無爲尊唐薄宋蹈明人之陋習且彼明人何嘗不說到做到何嘗不有絕特過人處而何以卒不逮蘇黃諸君子耶此有道焉依人與自立之不同爲己與爲人之各別也不但此也文章有世代爲之限賢豪之興心氣萬古一源皮色判別殊絕五六百年間薄近代之所爲而力求復古者未有不流於僞俗者也此則恪士之所通知恪士之所與吾辨不在古近而在難易吾豈不知然亦恐壹意求難

其弊亦有時而近於復古且遁入蘇黃一派六字誠不能無病吾不可以不辨吾自別後又爲詩數十首矣恪士還津仍當爲吾評前時所評吾已寄示秋門甘肅而一言一字一點一識吾未之或忘皆錄於摯父先生評點本中丹青兩筆欲寄恪士一覽爲快而鄭重若不放心者他日復臥於此并爲一夕歡可耳寫手爲季皋鈔書未得寫吾文故吾詩亦暫不能寄姑盡此紙何如密行細字俾無遺恨

夜深矣夫人倦矣詩亦十四首不爲少矣恪士可以議吾之進退矣第一須知吾深守前言深以恪士之廣我爲然而吾所爭愛恪士爲尤甚也吾自壽詩恪士當和我蓋四十大慶矣何以賀我小兒當世再拜言

家書一

无錯拜手夫人文几讀手書悵悒益甚引咎何辭好在書中之怨我者尚在我書未到之前到後差可少解而易怨爲盼盼之久而怨又將生此一月中其重勞夫人之寤想也必矣濡滯之故詳於稟函而鄙人病後不能退思詩文都廢閒取五史紀事本末觀之取其端委具在不煩思前想後而究亦覺其疲勞不堪是以雖因事阻行而頗復與於酒食徵逐讌樂之遊如十二年前病後之所爲以取釋心氣而平肝火動極固不免勞神而靜久亦足以鉤病去年蒲團靜坐之時毛髮可數而神清不寐病亦時時間作其得失固略相均也吾病不生於淫佚而困於讀書故其所以克治者亦異春來自盤旋近郊以及歸而與朋

儕相樂迄今四五月則從前肺氣不守之鉅病已不復作矣惟心氣仍太弱或日間無意觸發或臥後忽然潛思遇遠不可致如吾夫人及若仲林吳至父等輩而苟有一念及之者則遂不覺其心之如欲動搖如有人拉之使去而甚或震眩不能自持雖立時排遣令不復思而已不能也日間遇此則同座之人必覺其忽然面赤而驚問之必退思甫動之時也故吾若思量夫人如夫人之思我則病必不可勝支而意中自有思萌忍而不思夢必作劇前夜之驚起坐哭亦坐不肯竟思之故耳總之憂能傷人夫人體氣雖較强於我必須萬萬珍護勿過籌將來之事勿苦思未到之人音問稀疏累重嘗苦念咎無可免而尚當求諒於夫人夫人若弗眞苦思慮而藉此多得好詩則今歲課

程尙較鄙人爲色壯至父書中謂我二云讀君詩直高妙不可測此中樂趣至多不似鄙人命薄也高妙二字非我所克當而出之至父則歆動獎勸其言爲甚誠吾儕倚此竆生活爲命則其間盈絀多寡之數安可不爭而我與夫人自爲一體我病不能作而夫人作之亦庶幾不孤此一年也曩所寄詩以六月十五夜懷我之作音節最佳蓋樸而近古頗足追肖我家集中先勛卿古詩李小湖贈人云眞饒河上丈人風卽指謂勛卿古詩而歎喟形諸贈答者勛卿七古二卷入四庫故小湖輩亦頗嘗讀之吾亦嘗深味此二卷大氐樸而古與梅村漁洋異趣昔至父推夫人詩云確似我家梅村梅村尙非吾意之所屬故喜得夫人進境而急奪至父之語以爲酷似我家勛卿也其他若午寐

一首婉妙不露此等自是韞素長技贈馮杏卿二首格律渾成寄里中諸尊者詩惟結韻最好此皆一月前偶爾許隲而玆亦未嘗細諦也此次寄來之絕句十二首性情之至纏綿反復不主立意而頗復有層出之態讀之亦最能動人特使我慚惶而又加憐惜終日不可爲懷耳三弟書來時我適在東郊及歸又未嘗卽見是以不得及其至滬而致一言若彼時不錯誤則夫人結念之苦尙不至如此之深也今亦悔無及矣然今雖決然將行而城間未了之事尙須旬日稽留事了則必詣新地辭行新地亦有事端不能草草蓋二十前後當可以動身而前日仲弟來書復理張香濤羅致之說言苟非香翁於大哥確有饑渴之意則弟亦豈肯浼大哥輕見大人且居停父子急思大哥一

見大哥但爲此亦不可不迂道一來武昌而況張先生之思念
至篤耶大哥若經此間詣安福居停當爲料理由洞庭一路徑
到萍鄉蓋李太守係萍鄉人其家往來皆由洞庭不由鄱陽故
也然則我此行之必到武昌更無遺議既到彼則躭閣之遲速
遂不可知李公既爲之料理途間自無可虞然假令自度身體
猶不耐暑際煩勞則卽應在彼過夏及秋而後行夫人切須爲
我安慰重堂總作七八月間遲到之想不可便計出門之時日
而預期之香濤館地吾故十二分不就蓋徒然勞頓未足免窮
並非高傲而此外亦不復別圖惟靜待至翁之所以處我今年
下半載必與夫人聚首無疑而累太岳母慈眷至於如此之深
亦萬不忍不隨侍半年稍承色笑夫人亦必弗便憶家中兩大

人急求侍奉蓋兩大人之懸念太岳母至深且切爲媳婦者亦
不可不仰體此心也春夏以來大人惟爲周家事萬分煩惱至
於發病除此以外家中尚一切平安二弟薄有束脩寄回亦不
甚窘時時邀人陪大人看牌解悶今日適邀姻家兩小輩陪兩
大人看牌而我則在旁參看蓮兒承值水菸此張大所親見令
歸述之亦可略略放心矣外祖母之喪仍應持服三月吾附去
四番求七姨娘於終七之期設少許香楮稱外孫婿夫婦之名
以祭通俗若親女不在則親外孫女獻祭六七道遠不能備禮
用歉於心小姑事既聞已有可圖吾便放懷不復措念孫兒想
已隨伊母歸耶吾但愛之而未嘗有物與之亦是歉端此次往
盤費當不能裕如恐難多備禮物如何如何然大嫂及三弟妹

屬購之物必不缺也難言之情須見面言之此等言語亦倉猝不能偏搜盡紙而已惟千萬保護身體努力侍奉不盡拳拳蓮見今年頗多可意之作祺兒頑而善病菊兒在新地侍舅母也

再告夫人途中有暇不妨作小詩五箋美人皆未敢點污留與子相見一惜花一坐垂楊之下一倚脩竹一桐陰玩月一梅花笛韻若有清興不妨爲五詩寄我並在閨中戲不過爾也吾寫信從來不起稿與朋友書儘棄之矣獨家書一種每不能捨寄呈尊大人閱後仍可藏之此箋亦或附入勿令提單失去

家書二

无錯告夫人此合照相片甚好觀吾氣象何如哉吾嘗攬鏡爲卿愛惜此好容顏卿之容顏亦當極力爲我愛護之無他語矣大人未嘗見三弟藉此亦博一驩惟大學生經邁相稍改樣耳另附一片呈師母大姊壽物竟成誑語奈何七姨大嬸果貰明春再奉陳蒲仙馮小白二人爲我送少許土物相通皆可小姑事此去必須爲之料理一番將不遠也吾舉足一首自以爲佳卿當和我及封河而寄一信最佳封河以後吾眞當斂精藏神誓不作一夢到安福也各信細覽之前此十五開家信在身邊否

舉足能歸歸不得惱人天氣復晨昏日光晝輾來穿戶風力宵沈自打門家弄近聞黃菊好婿鄉空憶短籬存不如海凍江河涸雪地冰天得自温

吾是詩佳處乃得之於人日正當風景麗一首非我佳人莫之能解

家書三（武昌張先生七十壽言稿後自記　壽言已載文集第四卷故不重出）

文之道莫大乎自然而莫妙於沈隱无錯中年到此則天下文章其在通州乎此亦至父所云也此稿在寄桐第三函中曾屬三弟轉錄呈大人到否至父本函詢壽期言必當作一文由吾寄襄陽後見吾此文乃不復作且夸大其說云此作眞可謂神奇直當比方歐公而上之非千年以內之物曾公及濂老最工之作乃不過如斯安得不令我焚棄筆硯耶至父非妄言者吾故高興錄一通示蘊素亦以見吾精神之雄專爲驕其妻也而吾蘊素則可以笑矣

跋

壬申之春吳君北江自北平郵遞徐君蔚如伉儷書徵取先外子肯堂先生之遺稿將爲之付刊行世北江且謂徐君徵稿旣久不能得嗣得之於東莞張次溪公子之所雖非全豹然徐君由是大奇次溪以爲晚近少年嗜古文學者蓋寡且又北江弟子心益器之徐君女公子肇瓊女士工詩畫不櫛之學士也母氏王夫人系出海鹽右族本其家學以授女士女士所獲自不儕於庸俗北江爲之介聯兩姓之好爲余惟海鹽王氏與范氏有通家之誼次溪公子之尊公亦嘗以文章受知於先外子而徐君則又以深參內典名海內者也婚姻之道作合於天以淑女配君子其琴瑟靜好可知而余尤感於以文字因緣成佳耦焉比者次溪來書告以先外子詩文合集將次雕成屬余爲之跋又重之以徐君之命嗟夫先外子歿且三十年其生平懷抱瓌偉未有以稍展其志設逢盛世天復假之年其所彰豈祇文詩而已然今之所不可泯者亦惟文詩而已外子嘗謂余曰以子之天資可學爲古文余時委靡不自振拔又困於米鹽瑣屑未嘗從學爲今之悔且又以棉薄積三十年視其遺集湮沒未彰夙夜憂慮而無可如何今得諸君子之力俾不朽於來兹感激涕零不知所云謹述其付刊始末徐君其亦鑒吾戴惠之心且以識士君子之知遇庶幾千百歲後或有舊揚國學於海內者覽而爲之感歎不能自已歟范姚倚雲謹跋

浙西徐氏校刻